【SUNNANÄNG】
by Astrid Lindgren and Marit Törnqvist

First published by Rabén & Sjögren Bokförlag, Sweden, in 2003.
Published by agreement with Pan Agency.

赤い鳥の国へ

赤い鳥の国へ

アストリッド・リンドグレーン 作
マリット・テルンクヴィスト 絵　石井登志子 訳

ずっとむかし、まだおおくの人《ひと》がまずしかったころ、マティアスとアンナという小《ちい》さな兄妹《きょうだい》が、みなし子《ご》になってしまいました。けれど子《こ》どもだけではくらしていけないので、だれかの家《いえ》においてもらわなくてはなりません。それで、ある冬《ふゆ》のおわりに、ふたりはそれまですんでいたミナミノハラから、ミーラという村《むら》のお百姓《ひゃくしょう》さんの家《いえ》にやってきました。

お百姓《ひゃくしょう》さんがふたりをひきとったのは、ふたりが美《うつく》しい澄《す》んだ目《め》をしているからでも、かわいい小《ちい》さな手《て》をしているからでも、また、母《かあ》さんが死《し》んだあと、かなしくてとほうにくれていたふたりを、かわいそうにおもったからでもありません。いいえ、お百姓《ひゃくしょう》さんは、自分《じぶん》につごうがいいから、ひきうけたのでした。子《こ》どもの手《て》というのは、とても役《やく》にたつのです。めいうし牛《うし》の乳《ちち》をしぼることも、お牛《うし》の体《からだ》をきれいにすることもできます。子《こ》どもが木《き》の皮《かわ》の舟《ふね》をつくったり、笛《ふえ》をつくったり、丘《おか》の斜面《しゃめん》に遊《あそ》び小屋《ごや》をたてたりするのを、やめさせればいいのです。子《こ》どもがしたいことを、させないようにすれば、どんな仕事《しごと》でもさせられるのです。

「これからは、楽《たの》しいことなんて、もうないわ。」というと、アンナは、乳《ちち》しぼりのいすにすわって、なきました。

「そうだね。ここではくる日《ひ》もくる日《ひ》も、牛小屋《うしごや》でちょろちょろしているネズミみたいに、灰色《はいいろ》だ。」マティアスもいいました。

まずしかったそのころ、農家《のうか》にはろくな食《た》べものがありませんでした。ミーラのお百姓《ひゃくしょう》さんも、子《こ》どもには、ニシンの塩《しお》漬《づ》けの汁《しる》につけたジャガイモをたべさせておけば、十分《じゅうぶん》だとおもっていました。

「わたし、もうすぐ死《し》んでしまうわ。ジャガイモとニシンの汁《しる》だけじゃ、次《つぎ》の冬《ふゆ》まで生《い》きられない。」とアンナはいいました。

「こんどの冬《ふゆ》までは、どうしても生《い》きなくちゃ。」マティアスがはげましました。「冬《ふゆ》になれば、ぼくたち、学校《がっこう》へいかせてもらえるよ。そうすれば、毎日《まいにち》はもう牛小屋《うしごや》のネズミみたいに、灰色《はいいろ》じゃないよ。」

　ミーラに春《はる》がやってきました。でも、マティアスとアンナは、小川《おがわ》で水車《すいしゃ》をつくったり、木《き》の皮《かわ》の舟《ふね》をうかべてあそんだりはできませんでした。め牛《うし》たちの乳《ちち》をしぼって、お牛《うし》たちをきれいにし、ニシンの塩漬《しおづ》けの汁《しる》につけたジャガイモをたべていました。そして、だれもみていないところで、ひどくなきました。
「でも冬《ふゆ》まで生《い》きてたら、学校《がっこう》にいけるのね。」アンナはいいました。

ミーラに夏《なつ》がやってきました。でも、マティアスとアンナは、林《はやし》で野《の》イチゴをつんだり、丘《おか》の斜面《しゃめん》に遊《あそ》びんでした。小屋《こや》をたててあそんだりはできませんでした。め牛《うし》たちの乳《ちち》をしぼって、お牛《うし》たちをきれいにし、ニシンの塩《しお》漬《づ》けの汁《しる》につけたジャガイモをたべていました。そして、だれもみていないところで、ひどくなきました。

「でも冬《ふゆ》まで生《い》きてたら、学校《がっこう》にいけるのね。」アンナはいいました。

ミーラに秋《あき》がやってきました。でも、マティアスとアンナは、たそがれどきに、牛小屋《うしごや》や物置《ものお》き小屋《ごや》のあいだでかくれんぼをしたり、夜《よ》ごとテーブルの下《した》にもぐって、お話《はなし》をきかせあったりはできませんでした。め牛《うし》たちの乳《ちち》をしぼって、お牛《うし》たちをきれいにし、ニシンの塩漬《しおづ》けの汁《しる》につけたジャガイモをたべていました。そして、だれもみていないところで、ひどくなきました。

「でも冬《ふゆ》まで生《い》きてたら、学校《がっこう》にいけるのね。」アンナはいいました。

まずしかったそのころは、子《こ》どもたちは、冬《ふゆ》のあいだの数週間《すうしゅうかん》だけ、学校《がっこう》へいきました。冬《ふゆ》になると、よそから先生《せんせい》がやってきて、村《むら》のなかの一軒《いっけん》の家《いえ》にとまりこみます。そこへ、村《むら》のあちこちから、子《こ》どもたちがかよって、読《よ》み書《か》きや算数《さんすう》をならうのです。

ミーラのお百姓《ひゃくしょう》さんは、「学校《がっこう》なんてばかげたもんだ」とかんがえていました。できることなら、マティアスたちをずっと牛小屋《うしごや》ではたらかせておきたかったのですが、それはできませんでした。ふたりに、木《き》の皮《かわ》の舟《ふね》や遊《あそ》び小屋《ごや》をつくらせないとか、野《の》イチゴをとらせないことはできても、学校《がっこう》へいかせないでおくことはできなかったのです。そんなことをしたら、村《むら》の牧師《ぼくし》さんがきて、こういうからです。

「マティアスとアンナを、学校《がっこう》へやらなくてはいけないよ。」と。

やがて、ミーラに冬《ふゆ》がやってきました。雪《ゆき》がふり、牛小屋《うしごや》の窓《まど》をふさいでしまうほどつもりました。うす暗《ぐら》い牛小屋《うしごや》のなかで、マティアスとアンナは、うれしくてうれしくて、手《て》をとりあって、おどりました。そして、アンナがいいました。

「すごいでしょ、わたし、冬《ふゆ》まで生《い》きられたわ。あしたから学校《がっこう》へいけるの！」

するとマティアスもいいました。

「やあ、牛小屋《うしごや》のネズミくんたち！　ミーラでの灰色《はいいろ》の毎日《まいにち》は、もうおしまいだ。」

その日《ひ》の夕方《ゆうがた》、ふたりが仕事《しごと》をおえて、台所《だいどころ》にはいっていくと、お百姓《ひゃくしょう》さんがいいました。

「学校《がっこう》だと？　すきにすりゃいいさ！　だが、乳《ちち》しぼりの時間《じかん》にまにあうようにかえってなきゃ、ひどい目《め》にあわすぞ。」

次《つぎ》の朝《あさ》、マティアスとアンナは手《て》をつないで、あるいて学校《がっこう》へむかいました。あるいていくには遠《とお》いところだったのですが、学校《がっこう》まで遠《とお》くてたいへんだろう、などと気《き》にしてくれる人《ひと》はいませんでした。つめたい風《かぜ》のなかをあるくうちに、マティアスとアンナは、体《からだ》がこごえ、足《あし》先《さき》がひびわれて、鼻《はな》の頭《あたま》もまっ赤《か》になってしまいました。アンナがいいました。

「まあ、マティアス。鼻《はな》の頭《あたま》がまっ赤《か》よ。でも、そのほうがいいわ。だって、ほかはぜんぶ、牛小屋《うしごや》のネズミみたいに灰色《はいいろ》なんだもの。」

たしかに、マティアスもアンナも、ネズミのように灰色《はいいろ》でした。顔《かお》はみじめな灰色《はいいろ》ですし、きている服《ふく》もみすぼらしい灰色《はいいろ》です。アンナが肩《かた》にかけているショールも、マティアスがお百姓《ひゃくしょう》さんにもらった、ごわごわしたお古《ふる》の上着《うわぎ》も灰色《はいいろ》でした。

けれども、今《いま》は学校《がっこう》へむかっているのです。学校《がっこう》には灰色《はいいろ》のものなんかない、とアンナはしんじていました。学校《がっこう》には、きっと朝《あさ》から晩《ばん》まで、まっ赤《か》なよろこびがあるのです。

だからふたりは、きびしい冬《ふゆ》のさむさのなか、二匹《にひき》の小《ちい》さな灰色《はいいろ》のネズミみたいに、森《もり》のなかの道《みち》を、みじめにこごえながらあるいていくことだって、がまんできたのです。

ところが、学校《がっこう》は、ふたりがおもっていたほど、楽《たの》しいところではありませんでした。たしかに、村《むら》のほかの子《こ》どもたちといっしょに、暖炉《だんろ》のまわりにすわって、字《じ》をならうのは楽《たの》しいことでした。けれども、二日目《ふつかめ》にはもう、マティアスは、じっとすわっていなかったからといって、先生《せんせい》に小枝《こえだ》で手《て》をたたかれました。そして、おべんとうの時間《じかん》になると、マティアスもアンナもはずかしくなりました。つめたいジャガイモをいくつか、もってきただけだったのです。ほかの子《こ》どもたちは、お肉《にく》やチーズをのせたバターつきのパンをもっています。

お店屋《みせや》さんの息子《むすこ》のヨエルは、おいしそうなパンケーキを、かごいっぱいもってきていました。そのパンケーキをじっとみつめているうちに、マティアスとアンナの目《め》が、かがやいてきました。すると、ヨエルがいいました。

「やーい、びんぼう人《にん》。今《いま》までパンケーキなんて、みたことがないんだろ。」

マティアスとアンナは、ため息《いき》をつきました。はずかしくなって、横《よこ》をむいて、だまっていました。

学校《がっこう》でも、だめでした。灰色《はいいろ》は、ふたりがおもっていたようには、なくなってくれません。それでも、ふたりは毎日学校《まいにちがっこう》へかよいました。森《もり》の道《みち》に雪《ゆき》がふりつもり、足先《あしさき》のひびわれが、ひどくても、また、びんぼうで、バターつきパンやパンケーキをもっていけなくても、きちんと学校《がっこう》へかよったのです。

毎日《まいにち》、ミーラのお百姓《ひゃくしょう》さんはいいました。

「乳《ちち》しぼりの時間《じかん》にまにあうようにかえってなきゃ、ひどい目《め》にあわすぞ。」

マティアスもアンナも、乳《ちち》しぼりの時間《じかん》におくれるつもりはありませんでした。二匹《にひき》の小《ちい》さな灰色《はいいろ》のネズミが巣《す》あなにいそぐように、森《もり》をはしってかえりました。まにあわなくなるのがこわかったのです。

ところがある日《ひ》、アンナがかえり道《みち》のとちゅうでたちどまると、マティアスの腕《うで》をぎゅっとつかんで、いいました。

「マティアス、学校《がっこう》も灰色《はいいろ》だったね。わたしには、楽《たの》しいことなんて、もうなんにもない。春《はる》まで生《い》きていたくないわ。」

アンナがそういった、ちょうどそのときです。ふたりは同時《どうじ》に、赤《あか》い鳥《とり》に気《き》がつきました。赤《あか》い鳥《とり》は、雪《ゆき》のつもった道《みち》のまんなかにいました。あざやかで、もえるような赤《あか》が、あたり一面《いちめん》まっ白《しろ》な雪《ゆき》のなかで、きわだってみえました。

鳥《とり》が、美《うつく》しい澄《す》んだ声《こえ》でうたいだすと、あたりのモミの木《き》につもった雪《ゆき》が、ぱっと何千《なんぜん》ものこまかい雪《ゆき》の星《ほし》になり、音《おと》もたてずにそっと雪《ゆき》の道《みち》にまいおりました。

アンナは鳥《とり》のほうへ手《て》をのばし、そして、なきながらいいました。

「赤《あか》い。まあ、あの鳥《とり》は赤《あか》いわ。」

マティアスもないていいました。

「あの鳥《とり》は、この世《よ》に、灰色《はいいろ》のネズミがいるなんて、まるでしらないんだろうな。」

そのとき、鳥《とり》が赤《あか》いつばさをひろげて、とびたちました。アンナは、マティアスの腕《うで》をつよくにぎって、いいました。

「もしもあの鳥《とり》がいってしまったら、わたし、この雪《ゆき》の上《うえ》にたおれて、死《し》んでしまうわ。」

そこでマティアスは、アンナの手《て》をにぎると、鳥《とり》のあとをおって、はしりだしました。赤《あか》い鳥《とり》は、モミの木《き》のあいだを、まっ赤《か》な炎《ほのお》のようにとんでいきます。鳥《とり》がと

んでいく先《さき》では、たくさんの雪《ゆき》の星《ほし》が音《おと》もたてずに、そっと雪《ゆき》の道《みち》にまいおりました。とんでいるあいだじゅう、鳥《とり》は澄《す》みきった、美《うつく》しい声《こえ》でうたっていました。

　そのまま、鳥《とり》は森《もり》のおくへおくへと、とんでいきました。鳥《とり》があちこち方向《ほうこう》を変《か》えるので、ふたりは、つもった雪《ゆき》をかきわけて、おいかけていき、やがて、道《みち》からずいぶんはなれてしまいました。小枝《こえだ》に顔《かお》をたたかれたり、雪《ゆき》の下《した》にかくれている石《いし》につまずいたりもしましたが、おいかけるのに夢中《むちゅう》だったので、ふたりの目《め》はかがやいていました。

　ところがふいに、鳥《とり》の姿《すがた》がきえてしまったのです。

「もしもあの鳥《とり》がこれきりみつからなかったら、わたし、この雪《ゆき》の上《うえ》にたおれて、死《し》んでしまうわ。」アンナがいいました。

マティアスは、アンナのほっぺたをやさしくなでました。

「岩《いわ》のむこうで、あの鳥《とり》がうたっているのが、きこえるよ。」

「岩《いわ》のむこうへ、どうやっていくの？」アンナがききました。

「あそこの、暗《くら》くなっている岩《いわ》と岩《いわ》のすきまをぬけていこう。」

マティアスはアンナの手《て》をとると、岩《いわ》のすきまへむかいました。

すきまの前《まえ》の雪《ゆき》の上《うえ》に、かがやくように赤《あか》い羽《はね》が一枚《いちまい》おちていたので、この道《みち》はまちがっていないと、わかりました。すきまはどんどんせまくなり、とうとう、小《ちい》さな子《こ》どもの体《からだ》しかとおりぬけられないほどになりました。

「こんなにほそい道《みち》なのに、ぼくらの体《からだ》のほうがもっとほそいや。」

「ほんとね。ミーラのお百姓《ひゃくしょう》さんのおかげで、わたしたちのちっちゃな体《からだ》は、どこでもとおりぬけられるようになったのね。」

こうして、ふたりは岩《いわ》のむこうへとやってきました。

「さあ、岩《いわ》のむこうへ出《で》たわ。でも、わたしの赤《あか》い鳥《とり》はどこ？」

マティアスは、冬《ふゆ》の森《もり》のなかで、じっと耳《みみ》をすましました。

「あのへいのむこうだ。へいのむこうで、うたってる。」

目《め》の前《まえ》には、たかい石《いし》のへいがあり、入《い》り口《ぐち》の扉《とびら》がみえました。扉《とびら》はすこしあいていて、たったいま、だれかがはいっていって、しめわすれたみたいです。

へいのこちら側《がわ》は、雪《ゆき》が

いっぱいつもっていて、つめたく、こごえるような冬《ふゆ》の日《ひ》でしたが、へいの上《うえ》からは、白《しろ》い花《はな》をつけたサクラの木《き》が枝《えだ》をのばしていました。

アンナがいいました。

「ミナミノハラのうちにも、サクラの木《き》があったね。でも、冬《ふゆ》には花《はな》はさかなかったわ。」

マティアスはアンナの手《て》をにぎって、扉《とびら》をはいっていきました。

最初《さいしょ》にみえたのは、あの赤《あか》い鳥《とり》でした。シラカバの木《き》にとまっています。シラカバは、緑《みどり》色《いろ》の小《ちい》さなちぢれた葉《は》をつけています。春《はる》なのです。そして、みるみる、あらゆる春のはれやかなうれしさが、ふたりをつつみました。

何千《なんぜん》という小鳥《ことり》たちがよろこびの歌《うた》をうたい、あちこちで春《はる》の小川《おがわ》がさらさらとながれ、あちこちで春《はる》の花《はな》が、きらきらとかがやくようにさいています。そして、まるで天国《てんごく》のような緑《みどり》の草原《くさはら》で、子《こ》どもたちがあそんでいます。そう、ほんとうにたくさんの子《こ》どもたちが、あそんでいました。

木《き》の皮《かわ》で舟《ふね》をつくって、小川《おがわ》にうかべ、はしらせている子《こ》がいます。笛《ふえ》をつくってふいている子《こ》もいて、その笛《ふえ》の音《ね》は、まるで春《はる》をうたうムクドリの歌《うた》のようです。それに子《こ》どもたちはみんな、赤《あか》や青《あお》や白《しろ》の服《ふく》をきていて、緑《みどり》の草原《くさはら》のなかで、春《はる》の花《はな》がさいたようにかがやいています。

「あの子《こ》たちは、この世《よ》に灰色《はいいろ》のネズミがいるなんて、きっとしらないでしょうね。」と、アンナはかなしそうにいいました。

けれどもそのとき、アンナは、マティアスも赤《あか》い服《ふく》をきているのに、きづきました。そして、じぶんも赤《あか》い服《ふく》をきています。ふたりはもう、牛小屋《うしごや》のネズミのように灰色《はいいろ》ではなかったのです。

「こんなにすばらしいことがおこったのは、生《う》まれ

てはじめて。ここは、いったいどこなのかしら?」アンナがいうと、すぐそばの小川《おがわ》であそんでいた子《こ》どもたちが、いいました。

「ミナミノハラだよ。」

「でもぼくたち、ミーラで灰色《はいいろ》のくらしがはじまるまで、ミナミノハラにすんでいたんだ。こんなところじゃなかったけど。」と、マティアスがいうと、子《こ》どもたちはわらっていいました。

「じゃ、きっと、きみのところとは、べつのミナミノハラなんだね。」

それから、子《こ》どもたちは、いっしょにあそぼうと、マティアスとアンナを、さそいました。

　マティアスが木《き》の皮《かわ》をけずって、舟《ふね》をつくると、アンナは赤《あか》い鳥《とり》がおとしていった赤《あか》い羽《はね》を、舟《ふね》の帆《ほ》にしました。舟《ふね》を小川《おがわ》にうかべると、赤《あか》い羽《はね》をつけたふたりの舟《ふね》は、どの舟《ふね》よりもうれしそうに、すいすいとすすんでいきました。

　マティアスとアンナは、水車《すいしゃ》もつくり

ました。水車《すいしゃ》は、お日《ひ》さまのひかりをうけて、カタンコトンとまわりました。小川《おがわ》のなかをはだしであるくと、やわらかい砂《すな》が、足《あし》のうらにきもちよくあたります。

「わたしの足《あし》は、やわらかい砂《すな》ややさしい草《くさ》がすきなのね。」

アンナがいいました。

そのとき、子《こ》どもたちをよぶ声《こえ》がきこえました。

「ごはんよぉ！　みんな、いらっしゃい！」

マティアスとアンナは、水車《すいしゃ》のそばでたちどまりました。

「よんでいるのは、だあれ？」アンナがきくと、子《こ》どもたちがおしえてくれました。

「みんなのお母《かあ》さんよ。わたしたちを、よんでいるの。」

「ぼくやアンナは、よばれていないだろ。」マティアスがいいました。

「よばれているよ。子《こ》どもたちみんなに、きてほしいんだから。」

「でも、あの人《ひと》は、わたしたちのお母《かあ》さんじゃないわ。」アンナもいいました。

「ううん、たしかにそうよ。だってあの人《ひと》は、子《こ》どもたちみんなのお母《かあ》さんなんだから。」

それで、マティアスとアンナも、ほかのみんなについていきました。草原《くさはら》をあるいて小《ちい》さな家《いえ》へいくと、ほんとうにお母《かあ》さんがまっていました。

その人《ひと》をみたとたん、すぐに、お母《かあ》さんだとわかりました。お母《かあ》さんの目《め》をしているし、お母《かあ》さんの手《て》をしています。お母《かあ》さんは、やさしい目《め》で、やさしい手《て》で、まわりをかこんでいる子《こ》どもたちをみて、やさしい手《て》で、どの子《こ》にもふれていました。子《こ》どもたちのために、パンケーキやパンをやき、バターやチーズをつくっておいてくれました。

子《こ》どもたちは、草《くさ》の上《うえ》にすわって、どれもこれもほしいだけたべました。

「こんなにおいしいものは、生《う》まれてはじめて。」

と、アンナがいいました。

けれどもきゅうに、マティアスは顔《かお》を青《あお》くして、いいました。

「いけない。乳《ちち》しぼりの時間《じかん》にかえっていないと、

ひどい目《め》にあわされる。」

さあ、ふたりはあわてました。ずいぶんながいあいだ、より道《みち》してしまったことに、気《き》がついたのです。

ふたりは、ごちそうのお礼《れい》をいい、かえることにしました。お母《かあ》さんは、ふたりのほっぺたをなで、「またすぐに、いらっしゃい。」と、いいました。

子《こ》どもたちも、口《くち》をそろえていいました。

「またすぐに、おいでね。」

そして、マティアスとアンナを、石《いし》べいの扉《とびら》のところまでみおくりにきてくれました。扉《とびら》はまだ半《はん》びらきのままでした。扉《とびら》のむこうに、雪《ゆき》がつもっているのがみえます。

「どうして、扉《とびら》はしまってないの？　雪《ゆき》がふきこんでくるのに。」アンナがたずねると、子《こ》どもたちがいいました。

「この扉《とびら》は一度《いちど》しまったら、二度《にど》とあかないんだ。」

「二度《にど》とあかないの？」マティアスがいいました。

「そうだよ。ぜったいに、ぜったいにあかなくなるんだ。」

赤《あか》い鳥《とり》が、シラカバの木《き》にとまっていました。シラカバの木《き》は、こまかくちぢれた緑《みどり》の葉《は》をつけていて、春《はる》のいい香《かお》りを、ただよわせていました。けれども、戸口《とぐち》のむこうは、雪《ゆき》がいっぱいで、うす暗《ぐら》い冬《ふゆ》の森《もり》が、ひえびえとこおりついています。マティアスはアンナの手《て》をとると、扉《とびら》のむこうへとかけだしました。

とたんに、ふたりは体《からだ》がこごえただけでなく、おなかまでぺこぺこになりました。パンケーキも、パンも、一口《ひとくち》もたべなかったみたいに。

赤《あか》い鳥《とり》は、ふたりの前《まえ》をとんで、道《みち》をおしえてくれましたが、うす暗《ぐら》い冬《ふゆ》の夕《ゆう》ぐれのなかでは、もうさっきのように赤《あか》くかがやいてはいませんでした。それに、ふたりの服《ふく》も、もう赤《あか》くはありませんでした。アンナが肩《かた》にかけているショールは灰色《はいいろ》で、マティアスがミーラのお百姓《ひゃくしょう》さんにもらった、おさがりのごわごわした上着《うわぎ》も、灰色《はいいろ》でした。

こうしてようやく、家《いえ》にかえりつくと、ふたりは牛小屋《うしごや》へといそぎました。め牛《うし》たちの乳《ちち》をしぼり、お牛《うし》たちをきれいにするためです。

夜《よる》になり、仕事《しごと》をおえたふたりが台所《だいどころ》にはいっていくと、お百姓《ひゃくしょう》さんがいいました。

「やれやれ、ありがたいこった。学校《がっこう》は、もうじきおわってくれるぜ。」

お百姓《ひゃくしょう》さんにそういわれても、マティアスとアンナはふたりだけで、暗《くら》い台所《だいどころ》のすみっこで、ながいことミナミノハラのことをはなしました。

それからも、ふたりは、ミーラのお百姓《ひゃくしょう》さんの牛小屋《うしごや》で、灰色《はいいろ》のネズミのようなくらしをつづけて、学校《がっこう》へかよいました。そして毎日《まいにち》、あの赤《あか》い鳥《とり》が、森《もり》のなかの雪《ゆき》の道《みち》でまっていて、ふたりをミナミノハラへとつれていってくれました。ミナミノハラでは、木《き》の皮《かわ》の舟《ふね》を小川《おがわ》にうかべ、笛《ふえ》をつくり、丘《おか》の斜面《しゃめん》に遊《あそ》び小屋《ごや》をたてました。そして毎日《まいにち》、お母《かあ》さんは子《こ》どもたちに、おなかいっぱいたべさせてくれました。

「もしもミナミノハラがなかったら、生《い》きていても、楽《たの》しいことはなんにもないわ。」アンナはいいました。

　でも、ミーラのお百姓《ひゃくしょう》さんは、マティアスとアンナが夕方《ゆうがた》、仕事《しごと》をおえて、台所《だいどころ》にはいっていくたびに、いうのでした。
「やれやれ、ありがたいこった。学校《がっこう》は、もうじきおわってくれるぜ。そうすりゃ、また牛小屋《うしごや》で一日《いちにち》じゅうはたらくことになるさ。」
　これをきくと、ふたりは顔《かお》をみあわせ、青《あお》くなるのでした。

そしてとうとう、最後《さいご》の日《ひ》がきました。学校《がっこう》にかようのも最後《さいご》、ミナミノハラへいけるのも最後《さいご》です。

「乳《ちち》しぼりの時間《じかん》にかえってなきゃ、ひどい目《め》にあわすぞ。」お百姓《ひゃくしょう》さんは、この日《ひ》も、今《いま》までと同《おな》じようにいいました。

学校《がっこう》で、マティアスとアンナは、暖炉《だんろ》のそばにすわって、きょうで最後《さいご》と、字《じ》をかきました。きょうで最後《さいご》と、つめたいジャガイモをたべました。そして、ヨエルが、「やーい、びんぼう人《にん》、おまえら、まともなごちそうなんて、いままでみたことないんだろ。」というと、ふたりは、すこしわらいました。ふたりは心《こころ》のなかで、

ミナミノハラのことをおもって、わらったのです。もうすぐミナミノハラで、おなかいっぱいたべられるのですから。

そして、きょうで最後《さいご》と、マティアスとアンナは、森《もり》のなかの小道《こみち》を、二匹《にひき》の小《ちい》さな灰色《はいいろ》のネズミのようにかけていきました。きょうは、冬《ふゆ》のいちばんさむい日《ひ》でした。はあはあと息《いき》をするたびに、口《くち》から白《しろ》い息《いき》がとびだします。手足《てあし》の指先《ゆびさき》は、ひびわれて、いたみました。アンナはショールをできるだけきっちりと肩《かた》にまきつけて、いいました。

「なんてさむいの。それに、おなかがぺこぺこ。こんなにさむくて、こんなにおなかがへったのは、生《う》まれてはじめて。」

ほんとうに、ひどくさむかったのです。ふたりは、ミナミノハラにつれていってくれる赤《あか》い鳥《とり》に、はやくあいたいとおもいました。

するとふいに、目《め》の前《まえ》に、赤《あか》い鳥《とり》がいました。白《しろ》い雪《ゆき》の上《うえ》に、もえるように赤《あか》い鳥《とり》がいたのです。赤《あか》い鳥《とり》をみると、アンナはうれしくなって、わらいました。

「うれしい。最後《さいご》にもういっぺん、ミナミノハラにいけるのね。」

冬《ふゆ》の日《ひ》はみじかく、あたりはもう、うす暗《ぐら》くなっていました。すぐに、夜《よる》になるでしょう。でも、鳥《とり》は、モミの木《き》のあいだを、まっ赤《か》な炎《ほのお》のようにとんでいきます。とびながら、鳥《とり》がうたうと、何千《なんぜん》という雪《ゆき》の星《ほし》が、つめたくしずかな森《もり》の地面《じめん》に、ふりました。

きこえるのは、鳥《とり》の歌声《うたごえ》だけでした。こおりつくようなさむさに、森《もり》はしんとしずまり、いままでさわさわとうたっていたマツの木《き》も、うごきをとめました。

鳥《とり》は、あちこち方向《ほうこう》を変《か》えて、とんでいきます。ふたりはふかい雪《ゆき》をかきわけ、なんとかついていこうとしましたが、ミナミノハラまでは、とてもとても遠《とお》かったのです。

「もう、だめ。わたし、ミナミノハラにたどりつくまでに、こごえて死《し》んでしまう。」アンナがいいました。

けれど鳥《とり》は、ふたりの前《まえ》をとびつづけました。そしてとうとう、ふたりは扉《とびら》の前《まえ》にやってきました。みなれたあの入《い》り口《ぐち》にたどりついたのです。扉《とびら》のこちら側《がわ》は雪《ゆき》にうもれているのに、へいの上《うえ》からは、花盛《はなざか》りのサクラの木《き》が枝《えだ》をのばしています。扉《とびら》は半分《はんぶん》あいています。

「ここへきたかったの。こんなにつよくねがったのは、生《う》まれてはじめて。」と、アンナがいいました。

「だけど、アンナはやってきたんだ。もう、ねがわなくていいんだよ。」マティアスがいいました。

「うん、もう、ねがわなくていいのね。」

そして、マティアスとアンナは手《て》をつないで、扉《とびら》のなかへはいりました。

そこはいつものとおり、春《はる》のミナミノハラでした。めぶいたばかりのシラカバの葉《は》っぱからは、いいにおいがただよっているし、木《き》の上《うえ》で何千《なんぜん》もの小鳥《ことり》が、楽《たの》しそうにうたっています。子《こ》どもたちは、春《はる》の小川《おがわ》に木《き》の皮《かわ》の舟《ふね》をうかべて、はしらせていました。そして草原《くさはら》のむこうで、お母《かあ》さんが大《おお》きな声《こえ》でよんでいます。

「ごはんよぉ！　みんな、いらっしゃい！」

ふたりのうしろには、つめたく、こおりつくような森《もり》がありました。もうすぐ冬《ふゆ》の夜《よる》がやってきます。アンナは、扉《とびら》のむこうの暗《くら》い森《もり》をふりかえって、ぶるっとふるえました。

「どうして、この扉《とびら》はしまってないの？」アンナがききました。

「ああ、アンナ、この扉《とびら》は一度《いちど》しまったら、もう二度《にど》とあかないんだ。わすれたの？」マティアスがこたえました。

「ううん、はっきりおぼえているわ。ぜ

ったいに、ぜったいに、二度《にど》とあかなくなるの。」と、アンナはいいました。
マティアスとアンナは顔《かお》をみあわせ、ながいことみつめあっていました。そしてふたりは、小《ちい》さくわらいました。

それから、ふたりは、音《おと》をたてずに、そうっと扉《とびら》をしめました。

訳者《やくしゃ》あとがき

作者《さくしゃ》、アストリッド・リンドグレーンは、『長《なが》くつ下《した》のピッピ』（岩波書店《いわなみしょてん》）などでおなじみの、スウェーデンの作家《さっか》です。二〇〇二年《ねん》に、九十四歳《さい》で亡《な》くなりましたが、九十冊以上《さついじょう》の作品《さくひん》は、八十五の言語《げんご》に訳《やく》され、総発行数《そうはっこうすう》は一億《おく》三千万《ぜんまん》部《ぶ》以上《いじょう》になり、いまだに多《おお》くの国《くに》の子《こ》どもたちに愛《あい》されています。『ブリットｰマリはただいま幸《しあわ》せ』（徳間書店《とくましょてん》）のような少女小説《しょうじょしょうせつ》から、『名探偵《めいたんてい》カッレくん』（岩波書店《いわなみしょてん》）のような探偵《たんてい》もの、『おもしろ荘《そう》の子《こ》どもたち』（岩波書店《いわなみしょてん》）のような、子《こ》どもたちの心豊《こころゆた》かな日常《にちじょう》を描《えが》いた作品《さくひん》、『山賊《さんぞく》のむすめローニャ』（岩波書店《いわなみしょてん》）のような冒険《ぼうけん》ファンタジーなど、多岐《たき》にわたる内容《ないよう》で、長年読者《ながねんどくしゃ》を魅了《みりょう》してきました。

　この『赤《あか》い鳥《とり》の国《くに》へ』（原題《げんだい》“Sunnanäng”）は、みなしごになった幼《おさな》い兄妹《きょうだい》、マティアスとアンナのお話《はなし》です。やさしい気持《きも》ちからではなく、ただの働《はたら》き手《て》として、お百姓《ひゃくしょう》さんにもらわれたふたりは、一日《いちにち》じゅう牛《うし》の世話《せわ》をして働《はたら》くことになります。見《み》ず知《し》らずのお百姓《ひゃくしょう》さんのもとで、食《た》べ物《もの》も乏《とぼ》しく、灰色《はいいろ》のつらい毎日《まいにち》を送《おく》ります。たったひとつの望《のぞ》みは、冬《ふゆ》になれば村《むら》のどこかの家《いえ》で開《ひら》かれる学校《がっこう》に通《かよ》えることでした。けれども、冬《ふゆ》になり、学校《がっこう》に通《かよ》いはじめても、灰色《はいいろ》の毎日《まいにち》は変《か》わらなかったのです。

ところがある日《ひ》、学校《がっこう》から急《いそ》いで帰《かえ》る途中《とちゅう》、ふたりは、雪《ゆき》の森《もり》の中《なか》で赤《あか》い鳥《とり》に出会《であ》います。この鳥《とり》に導《みちび》かれて、ふたりは、ミナミノハラという緑《みどり》あふれる、うつくしい春《はる》の国《くに》へ行《い》くことができました。そこでは花《はな》が咲《さ》きみだれ、たくさんの子《こ》どもたちが遊《あそ》んでいました。それからは、学校《がっこう》の帰《かえ》りに、いつも赤《あか》い鳥《とり》がミナミノハラへつれていってくれましたが……。

悲惨《ひさん》な境遇《きょうぐう》にある兄妹《きょうだい》を描《えが》きながらも、物語《ものがたり》は悲《かな》しいままで終《お》わってはいません。この物語《ものがたり》を最後《さいご》まで読《よ》んでいただくと、子《こ》どもたちを慰《なぐさ》め、はげますリンドグレーンのあたたかいまなざしを感《かん》じられることでしょう。リンドグレーンは、つらい状況《じょうきょう》にある子《こ》どもにも、心《こころ》の中《なか》は幸《しあわ》せであってほしいと願《ねが》っていたのです。たとえ楽《たの》しい日々《ひび》を送《おく》ることができなくても、想像《そうぞう》の世界《せかい》へ行《い》き、心《こころ》を遊《あそ》ばせることは可能《かのう》ですから。もちろん、リンドグレーンは実際《じっさい》にも、子《こ》どもの幸《しあわ》せを願《ねが》って、病院《びょういん》を作《つく》るなど、長年《ながねん》にわたり、いろいろな社会的《しゃかいてき》な活動《かつどう》をしていました。

この作品《さくひん》は、岩波書店《いわなみしょてん》のリンドグレーン作品集《さくひんしゅう》『小《ちい》さいきょうだい』（一九六九年《ねん》、原書《げんしょ》一九五九年刊《ねんかん》）に収《おさ》められている物語《ものがたり》に、マリット・テルンクヴィストが新《あら》たな挿《さ》し絵《え》を描《か》きおろし、二〇〇四年《ねん》に絵本《えほん》として出版《しゅっぱん》されたものです。本文《ほんぶん》の文中《ぶんちゅう》にあるように、兄妹《きょうだい》の現実《げんじつ》の生活《せいかつ》は灰色《はいいろ》です。テルンクヴィストの描《えが》く灰色《はいいろ》は、茶色《ちゃいろ》っぽい灰色《はいいろ》、緑《みどり》っぽい灰色《はいいろ》、青《あお》っぽい灰色《はいいろ》などさまざまですが、いずれも幼《おさな》い兄妹《きょうだい》の悲《かな》しみが伝《つた》わってくる色使《いろづか》いです。一方《いっぽう》、ふたりが赤《あか》い鳥《とり》に導《みちび》かれて足《あし》を踏《ふ》み入《い》れるふしぎな国《くに》は、現実《げんじつ》の灰色《はいいろ》と効果的《こうかてき》に対比《たいひ》するように、若草色《わかくさいろ》であざやかに描《えが》かれています。リンドグレーンが物語《ものがたり》にこめた意図《いと》をくみとった、美《うつく》しい挿《さ》し絵《え》になっています。今回《こんかい》、日本語版《にほんごばん》のために、テルンクヴィストは二十八ページの絵《え》を新《あら》たに描《か》き加《くわ》えてくれました。テルンクヴィストの挿《さ》し絵《え》によるリンドグレーンの作品《さくひん》は、他《ほか》にも『夕《ゆう》あかりの国《くに》』（徳間書店《とくましょてん》）、『おうしのアダムがおこりだすと』（金《きん》の星社《ほししゃ》）などがあります。あわせてお読《よ》みいただければ、うれしく思《おも》います。

二〇〇五年《ねん》　秋《あき》

石井登志子《いしいとしこ》

【訳者】
石井登志子（いしいとしこ）
1944年生まれ。同志社大学卒業。スウェーデンのルンド大学でスウェーデン語を学ぶ。訳書に『川のほとりのおもしろ荘』（岩波書店）『筋ジストロフィーとたたかうステファン』『いたずらアントンシリーズ』（以上偕成社）『おりこうなアニカ』（福音館書店）『リーサの庭の花まつり』（童話館出版）『花のうた』（文化出版局）『歌う木にさそわれて』『夕あかりの国』『よろこびの木』『雪の森のリサベット』『しりたがりやのちいさな魚のお話』『おひさまのたまご』『ラッセのにわで』『なきむしぼうや』『おひさまがおかのこどもたち』『こんにちは、長くつ下のピッピ』『ブリット-マリはただいま幸せ』（以上徳間書店）など。

【赤い鳥の国へ】
SUNNANÄNG
アストリッド・リンドグレーン作
マリット・テルンクヴィスト絵
石井登志子訳　Translation © 2005 Toshiko Ishii
56p, 22cm NDC949
赤い鳥の国へ
2005年11月30日　初版発行
2015年11月 5 日　3 版発行

訳者：石井登志子
装丁：森枝雄司
フォーマット：前田浩志・横濱順美

発行人：平野健一
発行所：株式会社 徳間書店
〒105-8055 東京都港区芝大門 2-2-1
Tel.（03）5403-4324（販売管理部）（03）5403-4347（児童書編集部） 振替00140-0-44392番
印刷：日経印刷株式会社
製本：大口製本印刷株式会社
Published by TOKUMA SHOTEN PUBLISHING CO., LTD., Tokyo, Japan.　Printed in Japan.

ISBN978-4-19-862099-8

徳間書店子どもの本のホームページ　http://www.tokuma.jp/kodomonohon/

ASTRID LINDGREN

アストリッド・リンドグレーンの本

夕あかりの国 絵本

病気で寝ていたぼくの部屋に、小さなおじさんがやってきて言った。「夕あかりの国では、なんでもできるんだよ」ぼくは、夕暮れの空をとび、ふしぎな世界へ…。心をいやす美しい絵本。

●マリット・テルンクヴィスト 絵

●石井登志子 訳

（5さい～）

Illustration © Marit Törnqvist 1994

幼年童話

雪の森のリサベット

思いがけず、雪の森に一人とりのこされてしまった小さなリサベット。いつもは憎まれ口をたたくお姉ちゃんのマディケンも心配でたまりません…。心あたたまる姉妹の物語。

●イロン・ヴィークランド 絵

●石井登志子 訳

（小学校低・中学年～）

絵本

こんにちは、長くつ下のピッピ

世界一強い女の子ピッピが、おとなりに引っ越してきてからは、毎日楽しいことばかり！ 本国スウェーデンで愛されつづけている絵本。

●イングリッド・ヴァン・ニイマン 絵

●石井登志子 訳

（5さい～） Illustration © Ingrid Vang Nyman 1947

絵本

こんにちは、いたずらっ子エーミル

エーミルは、スウェーデンの田舎の農場で暮らしています。悪気はないのにいたずらばかりしてしまう愉快な男の子の絵本。

●ビヨルン・ベリイ 絵

●石井登志子 訳

（5さい～）

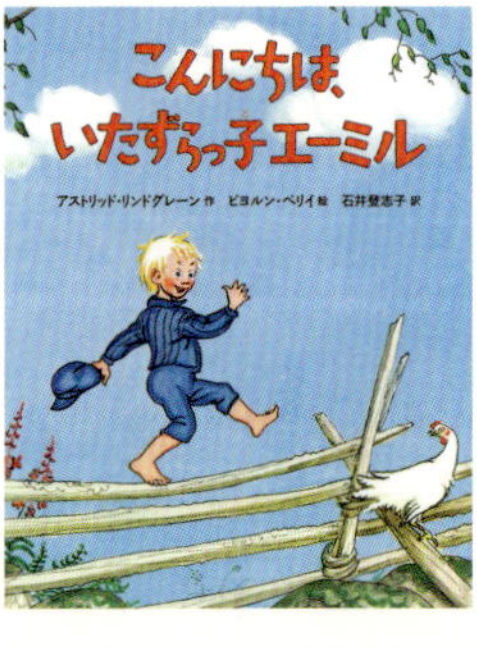